雀の帷子

久我田鶴子

歌集

砂子屋書房

＊目次

I　2016

Ⅲ　2018

装本・倉本　修

歌集

雀の帷子

I

2016

韻文にたちもどれない幾日も　便器をみがけ湯垢をおとせ

やどかり

沖縄の土の粗さの馴染みくる皿に釉薬の青が躍りて

拾ひ来し貝殻のつつみひらくなりこぼれいでたり死んでやどかり

はじまりの夜

かがみこみ呪詛にも似たる祈りする時節の雨よあたたかく降れ

こぼれだす黒曜石のひかりなり遠き記憶の傷が主張す

どこも見ぬ凝視のさきにをさまりのつかぬ思ひが点いたり消えたり

あれはさう悲鳴にありし　いづくにも向け得ざるものほとばしりたり

白き花ばかりを選りてそばに置くきのふのすみれけふのたんぽぽ

おびやかす存在でもあるわたくしはやどかりの殻とほく見てゐる

月のうへに金星が乗る　はじまりの夜をきよめて東の灯火《ともし》

四温よりまた三寒へこんな日に帰りてきたる燕は静か

この街の空気にからだ馴らすごと渡り来しばかりの燕ひるがへる

どこにでもある不安なりペンに書く文字をゆがめてブルーブラック

わたくしの所有といふはいかばかり花粉症の鼻さげて帰りぬ

〈殺すほどひとを憎みしことあらず〉なぜ今そんなことを思へる

隠居のごとく

定年を迎えた同期をかこむ

無遠慮なもの言ひにして気遣ひの男がひとり宴をしきれる

すれすれやとんでもないも飛び交ひてバカな時代の情熱の果て

語りつつ〈あの頃〉の顔にもどりゐる偉くなりしも荷物を下ろし

現役のなまなましさを傍らに隠居のごとき耳の立てかた

勤むるに慣れは肝要　慣れまいとあらがひありしわれの教職

コンピュータ管理の校に鎗を向けサンチョ・パンサあらはれざりき

みづからを先生と呼ぶ神経をつひに持ち得ず職辞してなほ

モーリオ——鎖歌の試み　1

盛岡の石割り桜の石のうへ二羽のはげしさ常軌を逸す

〈逸する〉は命を懸くるにほかならず恋のかけひき雀にもある

あるあらぬ風にはなびらはこぼれて名残りの春の北の街角

街角の赤信号のその先のみどりの若さ　橡《とちのき》並ぶ

並ぶ木の若葉が濾過する日のひかり〈北〉の思ひに手をかざしたり

かざしたりあふむきにつつかざしたる武骨はしわみ性別のなき

性別のなきやすらかさ橡若葉さやさや揺れて雫をこぼす

浅蜊

塩水に放ちし午前が午後になり油断しきつたる浅蜊の動き

吸ふと吐く二つの孔を伸ばしつつボウルの海を疑ひもせず

ボウルより半径二十センチほどの濡れ黙つて拭ふ生の痕跡

にいにい蟬

南風つよき湾岸どこにでも行けさう　雲が早く流れる

尻さきに音質調整こまやかに晴れ間を鳴けりにいにい蟬は

にいにい蟬のこゑ真空になるときを梨の古木が薄目を開ける

「低く長く単調に鳴く」は辞書の言《げん》にいにい蟬はけふ勢ひて鳴く

葉の上に大なめくぢは動かざる大天牛《かみきり》のうごかす触角

夜気を吸ひ梅干しの身のやはらかし濡れたるやうにひかりさへする

桃の実のくびれに沿つて刃を当ててねぢ割る感覚すでに知つてる

ものかは

脱け出してぽつぽつ来るをものかはの三つの顔が笑ひにゆがむ

共犯のおもひ乗せたるタクシーを降りて酒房の灯火に消ゆる

酔ひの挙げ句、 といふでもなくて不意のハグ出世稲荷の前とは如何に

みづすまし――鎖歌の試み　2

水面《みなも》より空気の玉をつと抱へ沈みてゆけりみづすまし某

某などと呼ばれ揶揄されなほ笑ふ鈍感達観得体の知れず

知れずある隠居の暮らし昇る日に沈む夕日にただ手を振りて

手を振りて寄りくる虫を払ひつつ汗噴く膚《はだへ》にほふと思ふ

思ふひと天降《あも》り来よとはいにしへのおほらかさなり水蚤《みぢんこ》わらふ

わらひたる水蚤の夏　雌のみの単為生殖おろそかならず

いやな汗

通じない人には通じない、か　都合よくすり替へられてわが発せし語

投げかけし言葉スライドするさまを見せられてゐるこの人にまた
つきあげてくる感情を押しとどめひとまづ水に時間をかせぐ

人群れに吐きさうになる抜きん出む意志ひしめくがまざまざと見え

からだぢゆうの汗腺がひらき噴く汗にエクリンアポクリン臭ひのあるなし

這ひめぐる神経叢のくらやみにぞわぞわするを宥めなだめて

気味悪きその範疇に生身《なまみ》ある　おのれ知りゐし小林秀雄

まばたき

臥して吾は低地の小沼日のうごき追ひていちにちをはる眼の球　（渡辺松男）

低き地の小沼が見てゐるいちにちのまたいちにちのまばたきの間を

おまへは何をしてゐるのかと静かなる眼はひらかれてわれに降《お》りくる

梅花藻がこんなところに　水中の花を咲かせて気泡を放つ

＊

松と鶴、亀を加へて完璧とはがきが届く亀の絵そへて

描かれし亀は寒色ばかりにてけれどお茶目な瞳《め》をして笑ふ

亀とくりや兎かやはりミッフィーのシールを貼りて返せりはがき

表情なきうさぎの口のバッテンがくちにはしないおもひを告げる

おけら

アスファルトを這ひゐる裸おけらなり雨降る秋の駅までの道

越後雪前

トンネルを抜けるとそこは紅葉の越後湯沢のかがやきの界

降りたちて浦佐駅前きんいろのいちやうの迎へ静けくありぬ

宮柊二香川進のえにしにて招かれ来たる越後雪前

はや雪のいただき仰ぎたしかむる越後三山八海山の位置

堀之内丸末書店に灯はともりあきなひをする人影うごく

墓碑として八海山の石を置く柊二の思ひ汲みとるごとく

子であることは……

父柊二、母の英子を語りつつ身を引くごとし笑ひのなかに

日の没《い》りのかがやきを浴び碑の前に写真撮らるるそれの束の間

一本の蠟燃《もや》しつつ妻も吾《あ》も暗き泉を聴くごとくゐる　（宮柊二）

らふそくの炎のゆらぎかの一首ひき寄せながら手を合はせをり

宴果てて露天のお湯に眼鏡なく仰げばろんろん月は輪をひろぐ

魚野川矢振間《やぶるま》川の川の面《も》もきらめきをらむ月十三夜

*

未消化の大《おほ》き銀杏、柿の種　路肩に残し食欲は去る

すこやかな食欲のぬし影もなし種塚のこしいづくにひそむ

この朝を日差しのぬくみきはだてりもやもや気を吐く屋根も草生も

露置ける朝のきらめき道の辺の小《ち》さきむらさき秋の野すみれ

枯れ草のなかなる菫むらさきに浮かぶ面影三《み》つほど摘めり

白き五羽はばたくごとにひかり織り流れの朝をさかのぼりゆく

瑠璃碧《みどり》灰紫のとりどりを光らせながら野ぶだうの秋

毛につつむつぼみ燭台のごと立てて雪待つ桐かまだ葉の残る

あたらしく花そなへしは誰《たれ》ならむ陸軍歩兵の名を刻む石

庚申塔二十三夜塔さらにまた念佛二百萬遍の塔

半跏思惟の仏に並ぶただの石　いのりの果ての風情ただならぬ

碑に彫られ花捧げらるる死のかたち陸軍歩兵田畑美太郎

＊

豪雪地帯魚沼領に根を下ろし栄えし家の茅葺きの反り

武士よりの帰農つたふる目黒家の天正十八年そこの歯車

天正より四百年のいとなみに会津街道それがもたらし
会津への出入り口なる越後なり歴史の蓋がはつかに開く

待つ長さ助走のごとくいできたる越のへぎそばひとを黙らす

へぎに盛るそば五人前五方より箸がのびきてすすりこみたり

知覧にて

知覧にて宜蘭をおもふかの地より特攻に発ち死ねざりし者

神尾死し増田死したる同じ日に死ぬはずなりし兵の名あらず

昭和二十年四月十一日、台湾宜蘭にて中学二年の男子、特攻機のプロペラに巻き込まれ、事故死。

死ぬはずの兵がその日のプロペラに殺めし少年いくつも違《たが》はぬ

特攻に死ねざりしかば残るなき名前いくたりなかなるひとり

まだ子供の無邪気さのまま死にゆきし三角兵舎の写真の笑顔

知覧茶の花しろく咲くひそやかにむかしをいまにひきよせながら

ていねいに淹れてくれたる茶の甘さこころのこごり微温につつむ

みどりの椀

（丘の上サあがつて、丘の上サあがつて）

中原中也

丘の上サあがつて、丘の上サあがつて、
　千葉の街サ見たば、千葉の街サ見たばヨ、
県庁の屋根の上に、県庁の屋根の上にヨ、
　緑のお椀が一つ、ふせてあつた、
そのお椀にヨ、その緑のお椀に、
　雨サ降つたば、雨サ降つたばヨ、
つやがｌ出る、つやがｌ出る

（中原中也ソングブック「サーカス」より）

のぼりたる丘より見しはまことにや県庁の上のみどりのお椀

千葉寺の病院にありし日の中也あめにぬれたるうつはみてをり

県庁の屋根の上なるお椀なり伏せられゐたるみどりいろなり
伏せられしみどりのお椀に降る雨が椀の曲線つたひて光る

雨降らば伏せたる椀につやが出るただそれだけの嬉しさを待つ

つやが出るみどりのお椀　死んだ子のままごと道具あめのなかなり

断片の詩にまぎれゐる千葉県庁みどりのお椀のチープなひかり

II

2
0
1
7

テレビの子——昭和三十年代を詠う

お茶の間の観客さまはみな鰯ゴールデンアワーのテレビの前に

レスラーの流す血さへも明るくて等質の未来夢見てゐしか

鉄人も鉄腕アトムもやつてきて正義や愛がキラキラとして

半人前

寂しさに酔ひつぶるるさへ知らで来し半人前が酒を見てゐる

「白鶴」の大吟醸に金舞《きん》へばスノードームを見てゐるこども

たからかにスパークリングの栓は開《あ》ききらめきもろとも飲めよと誘ふ

ヘネシーを舐めつつ肉にかぶりつく次にクレソン、ラディッシュ　うさぎ

混じりけのなきはピュアか傍に来しピノ・ノワールの講釈を聞く

からからの喉がビールを所望せりハートランドがテーブルに来る

ジュテーム

鳴きかはし枝うつり来し小《ち》さきらに体当たり見せひもじさの極

くちいつぱい樹皮をくはへてジュ、ジュ、ジュ　ジュテームまでは言はぬがエナガ

ジョンの声つて犬かと思へば〈イマジン〉を口遊んでる銀縁めがね

桜草守《もり》

三日かけ植ゑ替へたりと桜草千鉢ちかき若葉を見する

庭に立ち桜草からはじまりしはなし帯びたる微醺に触れず

昼間から飲んでゐたのかこの人は背後の障子ぴたりと閉めた

鶏糞と牛糞のちがひ語りつつ発芽のスイッチ入るるものを言ふ

百合咲きの椿のにほひ嗅がしめて鼻につきたる花粉を笑ふ

アルコールほどよくめぐり春の気に言の葉そよぐ嬉しさがある

ぐろりあぐろりあ

さりげなくコートの衿を直しやり別れしこともひとつ思ひ出

死を怖るるひといちばいの臆病に昨日のつづきのごとく来たる死

地雷踏むタイプに分けられ笑ひをり地雷の怖さ真には知らず

みづからの妬心を前に哭いてゐき藤田武の菜種河豚の歌

＊菜種《なたね》河豚《ふぐ》たらふく喰えと妬み声　ふくらみやまねばぐろりあぐろりあ　（藤田武）

曇り日のゆふぐれどきを海鳴りは電車の音にかき消されつつ

優劣をつけて落ち着く精神のすかすかに咲くすかんぽの花

険しさの表情筋をゆるめつつ職を辞したるのちの交じらひ

三角につりあげゐたるも丸くなり涙腺ゆるむ　良きことなるか

きこしめしゆるむ口もといつになく口数おほし　よき御酒ならむ

よくできた妻を宝物とまで言ふこの大真面目はりたふしたろ

牧水の言語圏にゐる感覚に「さるく」と言ふを耳にたのしむ

ゲルニカの木

木のもとに集まり事を決めゆけりゲルニカにありて「ゲルニカの木」

空爆の的にされたる民主主義「ゲルニカの木」を見せしめとして

にんげんが為す快楽に〝殺す〟あり見逃さざりき桃原邑子は

震へつつ哭きつつ言《こと》にいだしけむ戦時にひとの為し得ることを

くりかへしくりかへしそこにたちかへる邑子にありて良太の死の日

歌にして癒さるるならね　わたくしを超ゆる思ひに身をゆだねけむ

祈りとも呪詛ともなりて言の葉はバベルの塔を巻きつつのぼる

水蜜桃

自家製の堆肥にこだはり四十年その恵みなる桃の〈あかつき〉

〝健康な土から創る〞を書き添へてこころ尽くしの桃の実とどく

冷水に泳がす桃のうつすらとまとふしろがね毛のある膚《はだへ》

掌《て》にあまる桃の大きさうれしくて吸ひつくやうに口を当てたり

当たりたるところのすでに色変はり傷みやすきも売り物のうち

えも言はれぬ響きをもてば水蜜桃香《かく》の菓《このみ》といづれぞまさる

七日月

通夜に来てビルの上なる七日月をはりにちかくゆきかひし息

風を得て飛びゆく鶴の一声を聞く思いしてハガキ胸に抱く　（江口　冽）

おそらくは最後となりし歌一首われの受賞をよろこびくるる

終《つひ》の日の近づくなかの返信に震へ抑へし文字を刻める

昔から　とひとは言ひたりわが若き日よりを知りて見守りくれし

土着性、都会のエスプリ　昔からさうでしたとは泣かせる言葉

死亡通知リストに挙げられゐしことの縁《えにし》といふは疎かならず

地中海、香川進に導かれ置き去るやうにされしもたふと

霜柱

けんめいをあやぶむこころ湧ききたり老いの懸命せつじつなれど

語を継げば何を探ると問はれたり酒がしづかにこころを侵す

酒に呑まれやすきが口のあはつぶの言の葉なればこぼれて散りぬ

鴉ゐてなにをつつける　酔漢の嘔吐せしもの浄めたまへる

赤子泣くこゝろをさまるを待ちゐしか百舌がこゝろ挙ぐ枝の定位置

木枯らしの一号が磨きゆきし空かちりと月の輪郭は顕つ

みちのくに〈霜柱〉なる菓子ありて贈りくれたる人のあらなく

冬青

いのち溶け薬湯のごとにほひたつ十一月のそよごを煮出す

絹糸の吸ひゆくいのちけふ冬青《そよご》あたたかきいろに染められてゆく

いろはいのち、いろはひかりと言ひ換へて風にさらせる絹のストール

鉄に遇ひしづむ色合ひなまめきて鉄漿《おはぐろ》つけしをんなが笑まふ

灰汁にあひ色めくならむ冬青からチョコレートへの変化が生まる

いつしゆんの化学反応にさだまりし色が冬青のけふのいろなり

ナーベラーと鮭

沖縄語《ウチナーグチ》にナーベラーと呼び糸瓜かふ買ひて余さず胃の腑にをさむ

いわきより送られきたる鮭イクラいわきの海はまだまだといふ

声のして小さき群れの移り来ぬ落ち葉つくせる木末と青空

豪勢な銀杏《いちやう》黄葉《もみぢ》に遇へる朝ひかりの擬態わが身におよべ

木枯らしの吹き散らしたる葉にまじりスローモーション蟷螂うごく

三丁目の夕日

北新宿三丁目なる一角に夕日みるまでゐたことがない

台所の窓の木枠に埃たまり丈のちぢめる伯母独り居る

五ヶ月も賞味期限の過ぎたるをなほ豆腐とし冷蔵庫ある

ころんだら起き上がれない　百歳が間を置きて言ふこれは何度目

汚れたるお盆の上に伏せられて茶碗と箸が独りを語る

病院に行くを拒みて動かざる伯母の事情のなにかに触れず

錆

われに噴く錆、　いや恥　赤黒くこごれるものを覆ふすべなく

ステンレスのひかりに消ゆる無骨さのもう古すぎてと言はれをり　昼

ジュラルミンに傾くこころ南風よびこみながら帆となりて立つ

塗り厚き錆朱の椀の容れたがるたつぷりの雪ここには降らぬ

身の錆がかさぶたをなす　治るよりまへに剝がしたくなるかさぶた

III

2
0
1
8

湾岸上空

元日の夜の湾岸上空を着陸態勢の灯は連なれる

殻を脱ぐ

我《が》を通し百歳までを生ききりてあつぱれ伯母の殻ぬぎ逝けり

遺影にも棺のなかにももうゐないもぬけのからなり空《から》は明るし

みづからが選びゐたりし一葉の伯母らしからぬ力の抜けかた

十人の親族のみのおとむらひままごとのやうに焼香をする

我の強さ第一級を怖れられ独りを生くる手立てとせしか

離婚して子のあるなどは言はぬまま死にたる伯母ぞ子に抱かれゆく

節分草

小鹿野なる鹿をたしかに証しつつ糞のころがる草のあひだに

草丈の十センチほどをのぞきこむ接写レンズに這ひつくばりて
ひといろに咲くにはあらね茎のいろ花びらの数ことなるをいふ

雲なして花粉の飛べる　節分草たづね入り来し秩父両神

雪はつか残る谷筋わけ入れば逆光になほ白く滝落つ

滝口にしぶくを見せて日の渡る空の三月ふと暗むなれ

祈りのとき

三月二日　短歌によるキャッチボールのはじまりに

カーリングの石を滑らす感触に送る言の葉　芽吹きのはじめ

三月六日　東京オペラシティの谷川俊太郎展へ

「海ゆかば」ながるる日々を育ちきて谷川俊太郎その詩の明度

三月十日　石内都の写真「ひろしま」を見た

原爆画展示会場より逃げだしし「あなた」とはわたし　友の語りに

三月十一日　風化させるなどという声。
それは、遺された人たちの思いとどれほど重なるのだろうか。

忘れ得ぬ記憶に黙すひとのゐて海鳴りを聞くひととき貝殻

三月十四日　奥秩父の正午

滝のうへに今しかかれる太陽がまとふ虹の輪たれぞ見しむる

三月十八日　昨日は、吉本隆明の命日。七年前の三月十一日の〈あの時〉、吉本隆明がグスコーブドリについて語るのを聴きながら、アイロンかけをしていたのだった。

電力や雲をあやつるリスク知りブドリは行けり火山の島へ

もづもづと思考の束をほどくごと（なんと言ひますか）言ひ換へにつつ

問ひかけはあるいは期待　春分のみぞれの降るに木末《こぬれ》がひかる

三月二十四日　春の陽射しに誘われて葉山の海へ

潮溜りにアメフラシ　ゐる　気味悪きいのちの極み素手にて触れる

三月二十六日　スギ花粉からヒノキの花粉にバトンが渡る。
マスクをして空を見上げつつ、見えないものへと思いは向かう。

うす紙のごとき半月はりつけて春あをぞらの帯びゐる湿り

三月二十八日　近くの産直の店には、早くも筍が並んでいる。

伸びゆけるちからに混じる放射能　知らないふりして竹の子たべる

ちりぢりになりたる雲を呼ばひつつ渚にふるふ緑の小枝

四月五日　その死から七年後の地中海入社。
小野茂樹に会ったことはない。

歌になほ生きゐるいのち　ぞんぶんにおまへもうたへと言ふにあらずや

四月十一日　老いの日を最後まで生ききるということは、
願ってできるというものでもない。

そぎゆきて自然に還るときの間をもてる幸ひもてる寂しさ

四月十三日　夏みかんの皮を刻んでマーマレードを作る。
そこにも懐かしく思い出される人がいる。

ともにゐて笑はせてもらつてばかりゐた　マーマレードさへ笑ひの種に

盛岡に石割ざくら咲くころか実生のつよさひとは語れる

四月十七日　桜前線は東北のどのあたりか。
角館・盛岡で散る花を惜しんだのは一昨年のこと。

ゆふぞらに繊月と星　はじまりのひかりひきあひそれぞれに在る

四月十八日　日没後のひととき。思いがけない、美しい景に遇う。
終わりは始まりであることを静かに証すような景である。

山蚕

大木の桑にからみて蔓太き藤の花房ことしの長さ

どこを歩いてきたかと弟わが肩につきゐる虫を取りてくれたり

わが肩につきゐし虫は山蚕ちひさきながら蚕《こ》の動きする

なつかしく蚕と言ふを見つむるに父のまなこが横に来てゐる

マニュアル

二〇一八年五月、旧石巻市立大川小学校

刻まれて碑にあり〈横死〉助かったかもしれなかった小学生たち

マニュアルに頼るばかりの避難路に断たれしいのち　思考の停止

裏山につづく傾《なだ》りの立て札が津波到達地点を示す

北上川《きたかみ》をさかのぼり来し波が向き変へたる瞬の勢ひのまま

がらんどうの校舎に黒板無傷なり見るべしここにいま無きものを

砂ぼこりあげてダンプが往き来する引っ切りなしを復興と呼ぶ

グラウンドの隅に残れる壁の画《ゑ》に宮沢賢治「未来を拓く」か

上《う》つ面《は》を撫づるがごとき教育に一役《ひとやく》買はされ賢治もありき

私にもあった教師としての日々

マニュアルは教育現場を縛り上げまづは教師の思考の放棄

問題を起こさず枠をはみださずただ目の前の仕事をこなし

（美しい）（明るい）（やさしい）オブラートに包んだからっぽいくつもいくつも

高いところへ逃げろと声を発したる生徒が救ひき請戸の場合

浜通り

近づけば原発隠《かく》る　息あるを残したるまま封ぜられし地

放射能の風に乗るごと移れるを知りしは何時《いつ》か　避難にあらざり

七年を経てなほつづく瓦礫処理粉砕焼却貯蔵隔離

旧請戸小学校

小学校裏を大きく囲ひこみせはしく動く重機の首は

防潮堤を走るダンプの行く先に復興祈念の公園がなる

帰還困難区域走行車中にもなほ鳴りやまぬものあるを知る

楊《やなぎ》まで生ふればふたたび田にもどす工程として開墾をいふ

ガラス割り荒らすゐのしし鍵あけて荒らすにんげん帰れぬ隙に

視察団受け入れ被災地ガイドするそのたび更新されゐむ傷み

走りすぎし畑のなかの残像に雉子の顔あり隈取りの濃き

夏至黄昏

枇杷の実の落ちる寸前むくどりの寄つてたかつて食ふ　食ふは狂ほし

ねむの葉はもう眠つてる花はまだうすねむいろにぼんやりとゐる

海底をかきまはしゐる潮のさま風のにほひがそれと知らせる

うつすら血のにじみを見せて暮れゆける夏至くさかげの冷えをゆくあり

ろくぐわつのひかりはしづく　とうめいもどこかぬれゐてふるへたりする

尾瀬

朝はいいい　しつとり草の冷えはあり素直な声の生まるるけはひ

朝霧の尾が逃げてゆく草はらに　おはやう　金のひかりを撒けり

沼に出てかいつぶりのこゑ汗のひくまでを木陰に休みてゆかむ

ちひさなる池塘につぼみ二つ三つ未《ひつじ》の刻《とき》を待つひそやかさ

わたくしはもはや巨大な汗なれば諸、諸、諸！　したたるのみに

子安貝

子安貝その名のゆかりぼんやりと艶もつ面《おもて》ばかり見てゐき

ぎざぎざの口ある側を並べ見せ貝に籠めしは祈りか呪詛か

決着のつかざるものを揺りあげて歩みはぺたりぺたりと扁平

北新宿三丁目なる木造に伯母百歳の孤を全うせり

鉢植ゑの木立朝顔ゆめならめ猛暑ののちを淡く咲きいづ

あかむらさき底にのぞかせ朝顔のあはきももいろ折り皺のばす

子に抱かるる骨壺のなかのおのれ見て笑ひしものか独りの果てを

くちびる

くちびるを紅に盗《と》られし日の記憶　三三九度は二度とするまい

ぎよつとして見たるさかづき紅のいろ金襴緞子に身を売るならず

紅つけてくちびるばかりの女なり雛壇ひなだん人形になる

かたどられ紅を塗られしくちびるがぽとりと落ちる　瘡蓋《かさぶた》かこれ

陽だまり

ある朝をスリッパのなかの無精卵　ひとりと一羽の暮らしが産める

広告の色とりどりをちぎりては羽に飾りて見てよとばかり

陽だまりに母をすわらせ髪を切る櫛の動きに母を眠らす

定職をもたぬおとうと借りだされ今日はトマトの出荷に励む

ふらふらしてゐるを使へと過疎の村わがおとうとを役立てくるる

音信を断つは静かなる狼煙　父亡きのちのその姉妹たち

おとうとのこゑのなかにも父がゐる珍しく電話して来し今宵

婚家よりもどされ病をかかへゐしをさななじみの家が壊さる

産土《うぶすな》の無縁仏になりたりと友の死ひそと語られてゐる

十一月しづかに時が満ちてきて伊豆西浦の早生みかんの黄

木綿豆腐

しみじみと木綿のうまさ生醤油をたらしいただく奴の豆腐

湿りある薄暗がりに声をかく　木綿一丁、油揚《あぶらげ》二枚

正直屋の豆腐の味の落ちしこと商品ケースのこはれたるまま

どことなく雑《ざっ》が目につく作業場の奥にテレビと犬と店主と

スーパーに負けてゆくさまありありと木綿豆腐は正直なりき

たちばな

冬草のみどりに霜の花咲ける明日香の道を帰るごと行く

ゆるやかな上りをなるいとくり返し土地の言葉に案内《あない》しくるる

のぼりゆく坂の途中にふり返りうしろ向きにて歩みは止めず

みかん山ひだりに見つつのその先へみちびかれ着く橘の寺

たちばなと聖徳太子の誕生とみ寺の空の冬のしづまり

黄金なすかくのこのみの紋どころ実りは薬ひとを寄せつつ

中吉の「中」とは何か衰へてゆく身の備へうながす御籤

飛鳥川わたりしさきの石舞台男うごくは枯れ草を刈る

みちしるべにみちびかれつつまよひつつ一日《ひとひ》明日香のふところのなか

Ⅳ

2
0
1
9

椿

ゆふぐれに傾いてゆく言の葉よでたらめ尽くし華やいでゐよ

息を吐く息を吸ふため息を吐く　くれなゐ絞る椿をご覧

心臓の動きが重いドラミングちひさくしてみるマウンテンゴリラ

寒凌ぐ日々を電話に母の言ふ〝生きてらんない〟まだ余裕ある

手折りこし生家の椿ひとつかね開きて花の重さ増せるは

お茶の時間

べにふうき、いい、いい、の茶葉のひらくを待ちながら産地対馬から大西巨人へ

ウンカが嚙んだ茶葉の甘さを教へつつ蜜香紅茶こころにも効く

ひそひそと話してゐるのは春の雨だんごむしにも聞かせてやらう

植ゑ替へた鉢にたつぷり水をやる土を通つてゆく水の音

水を得て細胞膜はぱんぱんにふくれて分裂はじめて　ぽこり

エイプリルフール

本島に米軍上陸かの年の四月一日　嘘にはならず

沖縄へ飛び立つ日本の特攻機が子を殺めしは嘘にはあらず

台湾に暮らす日々なり戦中を含む六年　邑子に歌なし

愛を得て子を得て足を悪くせし身をふるひけむ生きむがために

忘るるはずのなき子の命日エイプリルフールに重ね母なる邑子

戦争も子の死も嘘になし得ぬをエイプリルフールに刻みし邑子

詩人の桃原思石と十八歳で結婚した邑子

読谷《よみたん》の潮の満ち干によみがへれ詩人思石を恋ふのみの体

羊雲

多磨霊園から船橋の霊園に移された小野茂樹の墓。
墓石には香川進の筆で「羊雲」とある。

〈羊雲〉の文字のゆらぎや先生の後ろに聴きしかの日のコジュケイ

身の近くにもの言ひくれしはいくたびぞ短けれども遺る言の葉

きよとんとしてゐるわれにさりげなくつけくれし道　さうであつたか

いまにして思ひ至れること多し恩愛といふにわれは疎くて

夕暮の周辺にわれを位置づけて逝きにし人よ　さういふことか

先を読み布石を打ちしその石のひとつとしてのなりゆきならむ

覗く

覗き見をするごと開く写真集『戦禍の記憶』表情の奥

大石芳野写真展

死に加減確認のための覗き穴ガス室の扉《と》にまるく小さし

香川進歌集『太陽のある風景』は、昭和十六年六月刊

「太陽のある」は切なる願望か凍てつく大地に覗き尽くして

大陸に覗きこみたるところより戻れずにゐるたましひのかけら

〈時〉のさきを見据うる眼《まなこ》のするどきが留まる〈時〉の奥をも覗く

深きへと下りゆく視線　逃れ得ぬもののごとくに人は覗ける

春の夜の

春の夜の夢ばかりなるウォシュレット白き碁石をいくつも産める

尺取虫

神棚の榊の青葉むさぼりてころころ糞をこぼせるものは

この家のあるじ無頓着　神棚にころころ糞のころがれるまま

眼を凝らし見れどど容易に見つからぬ正体すつかり枝になりゐる

尺取虫《しやくとり》は二寸ほどにも育ちゐて擬態の技をとくと見しむる

つついたらぴくつとしたと驚きは声にも顔にも尺取虫と姪

からだぢゆうにみなぎるちから尺取虫は気を抜くことなく擬態をつづく

裏庭に擬態の枝ごと突き挿して虫も殺さぬこの家のあるじ

張り子の猫

雨音と湿り呼びこむ板の間のちやうどいい暗さ　歌を語りぬ

踏みこんでふはりと包みひきいだす言の葉越しにこころが覗く

触れ得ざる〈ほんたう〉のめぐりもどかしく紡ぐことばは優しさめける

入口の張り子の猫のたたずまひ曖昧にして確かといふも
じやうずにはならぬをこころにかけをらむ張り子の猫のこの傾ぎかた

蓮の葉に盛られしおはぎ取り分けてきなことあんこにさざめく会話

蜻蛉、蓮のつぼみに動かざる　ここがいちばんと決めたるごとく

*

郡山　デコ屋敷にて

でたらめに泥をつかみてなるかたちおのづと宿るいのちのごとき

代々のいとなみを継ぎつくる人形《デコ》　通過点なるおのれを言へり

守るべき〈わたくし〉なんてあるものか踊れば笑ひこみあげてくる

面つけてはづれゆくもの　ヒトもまた一匹なるが身体《からだ》を満たす

ポンと手を打つ一瞬に潰されし〈わたくし〉が見ゆ　笑つてしまふ

吐く息とともに発する声たかく鹿踊《ししをど》りだぢやいこの人はもう

古き家に独り黙つて人形の絵付けしてゐたついさつきまで

V

2
0
2
0

季のかたはら

ホームへと入りくる間合ひはかりつつレールの上より飛び立てるあり

まばたきのたびごと白く塞《ふた》がれる目をもつ鳥だ鴉といふは

試すごと鴉が見をり横目して手出しできぬを見抜きゐるらし

なまぐさき駅を離れて歩きだす素知らぬ街に光はそそぎ

義仲寺の奥にちひさき墓のあり保田與重郎その戦中戦後

価値観のひつくりかへる世に生きて義仲・芭蕉の墓に添ふごと

ささやかな抵抗なりや目につかぬ寺の奥処に墓一基建つ

たうとつによみがへりくる高瀬一誌　口語の歌を褒めて言ひしを

年賀状の時季をはづして届きたる葉書は施設の住所を記す

鉛筆のひと文字ひと文字が放つこゑ回復したるをしづかに告げて

つぎの世へ蹴り出すちから頼みつつ眠れぬ夜のあるも日常

ベランダの二月朔日気のはやいアネモネが咲き天鵞絨光生《あ》る

雀の帷子

きさらぎの土中に草の芽は動く植ゑ替へを急く日本さくらさう

ぞよぞよと走りいでしはだんご虫ぬらりとなめくぢ鉢の下より

いまだ陽を知らぬ白さに今年の芽つちのなかよりあらはれいづる

十二階ベランダの鉢にもみみずゐる動きのにぶき四匹なれど

春の雪、青葉の笛に浜千鳥　花に遊ぶは名づけにもまた

庭の草たんぼの草と思ひしもベランダに来て花咲かせをり

帷子《かたびら》は雀のなればあさみどりひかりを透きてさやとゆらげる

かたびらをひるがへしつつこまごまと素にして貧の花を咲かすも

種もみを水に漬けるころ咲くとたねつけばなの名づけはありぬ

苗代の水のかがやき引き寄せて種漬花の咲けるベランダ

つぐみ

稲毛区の長沼原の農場より砲弾いづるの記事は小さき

旧陸軍演習場跡　わが住める町の過去より砲弾いで来《く》

危険性無きを記せるつづきには「二月にも二個」の砲弾の記事

不発弾処理と沖縄むすびつけどこかで胸を撫で下ろさざりしか

破裂音みじかく発し黙したり木に潜むものつゝぐみおまへか

試し鳴きくりかへしゐるうぐひすの選りたる茂み幼稚園の傍
うぐひすの声に園児のこゑ混じるどちらも互ひを知らずにをらむ

七坂

七坂をふたたび巡る大阪に閲子さんゐない亡き人を呼ぶ

乾びたる実の三つ四つを下ぐるのみ坂の上なる棗に会へり

愛染坂くだりゆくときぱらりぱらり来る晴れたる空の気まぐれ雨が

清水の音羽の滝に模したるもひかり筋なし香たむけしむ

西方に沈む夕日をまぼろしに四天王寺を見返りもせず

種袋たくさん並ぶも苗ものにアスパラガスのあるも見て過ぐ

水晶文旦

三月の西浦からの贈りもの水晶文旦まろまろといづ

皮厚くまもられてゐる黄水晶そのなかにある種のいくつぶ

まあるくて黄いろいカプセル　さうなんだ種は幾重にもまもられてゐる

澄んだ香が冷えた空気に放たれて剝かれるときの文旦のこゑ

清見には清見のよろしさ惜しみなく口中果汁に満たしてくれる

噛み合はせ

原発の爆発するが映りゐるテレビに経ちし九年をおもはせ

虫を食ふ植物あるにウイルスを食ふはあらずや　タヌキモ震ふ

三月十日、サザンシアター（四首）

マスクして観客並ぶを舞台より防毒マスクの俳優《わざをぎ》が見る

常ならぬ空気のなかを影の濃き存在たたせ人の動ける

舞台上の時は開戦前夜にてしづかに起こるカーテンコール

遅筆以外で遅れしことは初めてと延びたる初日をふふと笑はす

池内紀著『恩地孝四郎　一つの伝記』を読む（四首）

屑鉄業者のカマスに詰められ運ばれし活字のゆくへ　気づかぬふりに

みづからが選びしごとく進められ活字統制の先にありしは

文字資産のあらかた消えしと記録され昭和十六年その年の暮れ

はじまりは一斉にして逆らふを非国民と呼ぶときが来てゐる

言《こと》にして呼びこむものをおそれつつ顎関節症の口ひきむすぶ

嚙み合はせの悪き上下がくちびるをへの字にすると今は言ひおく

火の思想

火を囲む暮らしに戻りたきわれか地に足つかぬ空間に住む

芝焼きや焚き火のたのしさ傍らに見守るひとのゐるやすらかさ

焚き口にしやがんでひとり見つめたる火のいろ火のいきほひ　そして

ガスの火ではないましてや原子炉の火などではなくゆらめく炎

火に向かふ祈りを忘れ追ひかける金、金　金に塗れたる界

死んだ目やリモートコントロールの口先に動かされ火の思想に遠く

種を蒔く

エンプティランプのともる朝からをブスブス言つてゐるのはわたしだ

強風にけふは黄砂が飛んでくる何かよりましと言ひかけし唇《くち》

てなづけてしまふもひとつか新コロと呼ぶにいささか抵抗あれど

蒔いてみてと送られ来しは朝顔の種なり四種和洋とりまぜ

かつてわが教室に蒔きし種なるも押しつけがましと言ひし男子《をのこご》

朝顔の英名モーニンググローリー一日《ひとひ》のはじまり祝福しつつ

種を蒔きはぐくむ時間　わたくしに蒔かれし種とわが蒔きし種

あとがき

この歌集には、二〇一六年から二〇二〇年五月までの作品四〇〇首を収めた。年齢にして六十歳から六十四歳までの、私の第九歌集になる。

この間を振り返ってみると、個人的にはあまり変化なく、毎月、仲間たちと「地中海」を発行し、歌集をまとめたいという人に求められれば、そのお手伝いをしてきた。その中で、桃原邑子歌集『沖縄〈新装版〉』の出版に関われたことは、嬉しいことであった。これからも長く読み継がれていってほしい。私にとっての沖縄は、どうしても桃原さんを経由しての沖縄になるようだ。

二〇一六年晩秋、宮柊二記念館の主催する短歌大会に招かれた。このことは、宮柊二と香川進の縁をあらためて認識する出来事になった。「越後雪前」は、その時に生まれた一連である。また、「現代短歌」誌上で、三枝浩樹氏と五十日にわたって短歌のキャッチボールをさせていただいたことも忘れ難い。それは、「二人五十首」として二〇一八年の六月号に掲載されたが、この歌集には自作のみを取り出して「祈りのとき」とした。当然ながら、発表時とは全くの別物になってしまっている。それでも、夢のようなキャッチボールの記念として残しておきたかった。三枝さん、ありがとうございました。

どうやら恩愛というものに疎いらしい私は、今頃になってようやく気づくことばかりだ。お返しをしようにもその人が既に亡くなってしまっている場合、その人が喜んでくれそうなことをするしかない。時に、そんな殊勝な気持ちになるのは、歳のせいかもしれない。新型コロナウイルスによる緊急事態宣言下、図らずも高齢者の仲間入りをしてしまった。

社会の大きな変革が、世界的なウイルスの感染拡大によってなされるとは思いもしなかったが、その変化の真っ只中にある。つい数ヶ月前に作った歌も、全く違った色合いで見えてくる。人類は、どんなふうに知恵を働かせてこれからの世界を作っていくのか。その渦中にあって人はそれぞれに、何を思い、何をしようとするのか。自分自身に問いかけながら、やはり私に今できることをやりつつ生き抜いていくしかないのだろう。

出版にあたっては、このたびも田村雅之様と倉本修様にすべてお任せした。すっかり身を委ねて安心していられる――そんなふうにして歌集の誕生を待つ喜びは、言葉に尽くせない。雀はどんな帷子を着せてもらえるのだろう。楽しみにしている。

二〇二〇年　五月の終わりに

久我田鶴子

地中海叢書第九三六篇

歌集　雀の帷子

二〇二〇年九月二〇日初版発行

著　者　久我田鶴子

千葉市稲毛区稲毛東六―一〇―二―一二〇二　関谷方（〒二六三―〇〇三一）

発行者　田村雅之

発行所　砂子屋書房

東京都千代田区内神田三―四―七（〒一〇一―〇〇四七）

電話　〇三―三二五六―四七〇八　振替　〇〇一三〇―二―九七六三一

URL　http://www.sunagoya.com

組　版　はあどわあく

印　刷　長野印刷商工株式会社

製　本　渋谷文泉閣